Na contramão, Curitiba

D. K. Montoya

Na contramão, Curitiba

exemplar nº 149

Curitiba
2022

capa e projeto gráfico **FREDE TIZZOT**

colagem da capa **J.W. MONTOYA E D.K. MONTOYA**

edição e revisão **JULIE FANK**

este livro foi escrito e composto como resultado e a partir da proposta da oficina Escrita Criativa e outras artes, ministrada pela escritora Julie Fank na Esc. Escola de Escrita no ano de 2019.

M 798
Montoya, D. K.
Na contramão, Curitiba / D. K. Montoya. – Curitiba : Arte & Letra,
2022.
76 p.
ISBN 978-65-87603-26-1

1. Ficção brasileira   I. Título

CDD 869.93

Índice para catálogo sistemático:
1. Ficção: Literatura brasileira   869.93
Catalogação na Fonte
Bibliotecária responsável: Ana Lúcia Merege - CRB-7 4667

ARTE E LETRA
Rua Des. Motta, 2011. Batel. Curitiba-PR
www.arteeletra.com.br

Para as três habitantes do bosque Wangari

árvore da felicidade
folha a mais folha a menos
vai vivendo
Alice Ruiz

Agradeço ao Thiago Tizzot
por acolher este projeto na Arte & Letra.

Agradeço à Julie Fank
pela generosidade em todo o processo de escrita,
tanto na leitura das versões inicias, quanto nos
caminhos que apontou para Tainá e para mim.

Agradeço às minhas queridas Juliana, Malu e
Sarah, que mantêm minha mente atenta ao mundo.

Agradeço às tantas amizades que dividiram
comigo ideias sobre tudo e
sobre nada e, cientes ou não, estão presentes nestas
páginas também.

1

Praça da Espanha

Escorreguei do trepa-trepa, fui caindo andar por andar, batendo braços, cabeça, joelhos e, como ato final, meu queixo parou na barra de ferro mais perto do chão. Mordi a ponta da língua, que abriu e começou a sangrar. Meu avô ficou perdido com o choro forte, não conseguia me tirar do meio do brinquedo, e logo apareceram algumas pessoas para ajudar.

Fui para o colo do vovô e ele tentava estancar o sangue com um lencinho marrom que tirou do bolso da camisa, falando que não era nada, só um cortezinho, vai ficar tudo bem. O senhor que vendia picolé na praça se apressou a oferecer um para mim, só para ver se ela fica mais calminha. Engoli aquela mistura de picolé com sangue, fiz ânsia, vomitei, chorei mais. Logo apareceu a mãe de outra criança, me ofereceu água, ofereceu afeto. Sim, porque aqui a cidade te abraça. Todo mundo é acolhido e incentivado a sonhar, as pessoas sorriem, afagam tua cabeça e dizem palavras bonitas, lambem as feridas umas das outras. Logo me acalmei. O filho dessa mulher – que deveria ter os mesmos seis anos que eu – me chamou para brincar e fomos para o meio da areia. Ele era falador, eu, monossilábica:

– Qual é o seu nome?

– Tainá.

– Eu sou Joaquim. Moro ali naquele prédio. Por que eu nunca vi você aqui?

– Moro longe – respondi fazendo bochecho com um pouco de água e cuspindo no chão, como a mãe dele havia sugerido.

– Não cospe aqui, a areia tá limpinha.

Depois da bronca, saí e fiquei com meu vô. Eu não morava longe. Acontece que aos seis anos meu mundo era pequeno, e qualquer lugar fora dele parecia distante. Essa memória ficou fechada, ostra em concha, até reaparecer dez anos depois como mecanismo de defesa, uma pérola no meio da praça.

Comecei o dia matando aula com dois amigos. Danilo tinha assaltado um guri no dia anterior e socializou conosco seus lucros. Vintão, numa cédula bonita e novinha, que nenhum de nós tinha visto e só fomos ter certeza de que não era falsa quando o cobrador do ônibus autorizou nossa passagem. Pulga era apaixonado por minha melhor amiga, Karolyne, e estava disposto a compartilhar o mico-leão-dourado para impressionar. No início dos anos 2000 e com nossas refeições de coxinhas fritas em óleo velho e Coca-Cola, o dinheiro era suficiente para passarmos muito bem o dia. Pulga não conseguia olhar fixo pra Karol, e tremia os dedos sempre que falava com ela. Pegamos o metropolitano que nos levava de Almirante Tamandaré até o Terminal do Guadalupe, no centro de Curitiba. Saímos do ônibus, seguimos em direção à rodoviária, atravessamos o viaduto do Capanema, andamos na Vila Pinto – me senti em casa – entramos na velha estação Ferroviária transformada em shopping, sem gastar nada, claro, mas ver já era bonito. Jogamos basquete na praça Oswaldo Cruz e depois, quando a noite começava a cair, acabamos na Praça da Espanha.

Mesmo tão diferente, com pessoas que em nada poderiam ter alguma identidade com quem eu passei a ser, reconheci a praça. O trepa-trepa ainda existia e corri para ele. Danilo e Karol ficaram pra trás. Ele queria ir embora, só tem gente palha aqui, certeza que vou apanhar do pai chegando em casa. E lá de cima testemunhei mais um clichê da polícia quando aborda quem tem na cor cara de infrator. Os dois estavam parados, pernas abertas e mãos atrás, enquanto os policiais interrogavam e faziam revista. E logo viram que nada tinham nos bolsos, nas roupas, nas mochilas. Perceberam que eu era elemento do grupo.

Um deles veio em minha direção e só pensei, de novo, porra. Ele era falador, eu, monossilábica:

– Me fala teu nome, boneca?
– Tainá Becker.
– Abre as pernas, mãos na barra do brinquedo.

O policial toca meu calcanhar, minhas coxas, pega em minha cintura, os dedos de aranha-marrom subindo o corpo. Você não é muito branquinha para andar com eles? Silêncio. E em seguida pega meu peito, toca minha bunda. Fazendo o que aqui? Nada. Ah, não quer falar, você é quietinha, é? Não vai me contar onde estão escondendo os fininho? Derruba eles que eu te cuido. E antes de terminar a frase desliza os dedos por minha virilha, toca na vagina, pressiona uma vez, pressiona duas. Fico em silêncio, tranco a respiração, mandíbulas contraídas, fecho os olhos e vejo vovô sentado do outro lado da praça, novamente com cara de perdido, sem saber como me tirar daquele brinquedo, só repetindo vai ficar tudo bem.

Sim, porque aqui ninguém se cumprimenta. Os olhares se cruzam por acidente, mas logo encontram outro ponto para se fixar. As pessoas seguem seus caminhos, batendo os ombros contra quem estiver diante delas.

Os dois lugares são um só, convivem ao mesmo tempo, são feitos das mesmas pessoas. É a mesma cidade, situada sobre o tabuleiro de um jogo. Nele tem uma linha que separa o abraço acolhedor da queda no buraco do abuso ou, com sorte, da indiferença e, dependendo do espaço que tua peça ocupa, o destino te reserva a vida em uma ou outra cidade. Eu sei disso porque nasci em uma, por alguma contingência da vida cruzei a linha, fui parar na outra, e por circunstâncias que não estão ligadas diretamente a mim, voltei para a primeira.

Como isso aconteceu é uma história longa que pode ser resumida em quatro atos: nascimento na classe média, morte do pai na primeira infância, doença da mãe, avô persistente. Não é que eu não esteja interessada em contar essa história inteira, eu quero, claro, só não aqui, não em todos os seus detalhes, pelo menos agora. Por agora, são as voltas na cidade que interessam. E quem quiser acreditar, ótimo. Quem não quiser, também. Talvez só mais alguém que esbarra acidentalmente e logo desvia o olhar da minha loucura. Talvez negue a condição dessa cidade, peça minha interdição, minha cabeça, silencie a ficção.

Mas vivendo os extremos das duas cidades percebi que toda ficção é a realidade de alguém. Talvez a cidade nem exista, represente apenas a subjetividade criada a partir dos espaços que o corpo ocupa e dos espaços que ocupam o corpo.

O meu, por exemplo, passou a ocupar o banco de trás da viatura que nos levava até o terminal do Guadalupe. O trajeto é curto, mas o trânsito na região costuma ser lento no início da noite, e recebemos como coroinhas o sermão da Rua Saldanha Marinho. Ao final, eles acenam, sorriem e até perguntam se temos dinheiro suficiente para as passagens. Pulga ganha um tapinha nas costas, se cuidem, crianças.

Quando saímos do carro Karol reparou que cuspi vermelho e perguntou se tinham batido em mim. Antes tivessem, Karol, e segui andando para o ponto. Eu tinha mordido minha língua até sangrar enquanto (na visão do morador médio da cidade) era revistada (mas quem é do lado de cá sabe que eu estava sendo estuprada). Não cuspi na praça para manter tudo limpinho.

2

Terminal do Guadalupe

Curitiba, 14 de maio de 2001, 8:21.

Um ônibus branco vindo de Itaperuçu para no Terminal do Guadalupe. Desce uma mulher gorda de saia azul, blusa vermelha, carregando uma sacola de pano. Desce lentamente um homem cego com bastão guia na mão esquerda, vestindo calça social desbotada e uma camisa que um dia foi branca. Em seguida, saem mais umas vinte pessoas, que rapidamente tomam, cada uma, caminho distinto e compõem apenas um número nas quase cinquenta mil que vão passar pelo terminal só na data de hoje.

O último passageiro a desembarcar deixa uma moedinha para a mulher que, sentada na frente de uma loja de roupas, pedia esmolas enquanto amamentava seu bebê. O que suponho ser outro filho da pedinte fazia carinho em um vira-lata. O cachorro para de brincar com a criança e sai cheirando o chão de lajotas alaranjadas, como se procurasse o dono, ou comida, ou uma cadela no cio.

19

A proprietária da loja de roupas levanta a porta de ferro, fazendo estalar pelo terminal o barulho do comércio em atividade. O som é abafado pelo frear do ônibus Barreirinha/Guadalupe, o tubo começa a desinchar. Ao lado da loja, na frente do chaveiro ainda trancado, dorme um homem sujo sobre um pedaço de papelão, embaixo de uma coberta de estopa. Sinto cheiro de urina.

Um senhor de chinelo Havaianas azul-celeste desbotado, calça jeans e camisa cinza caminha apressadamente com uma pasta do curso Positivo. Dois guardas municipais andam com cacetete pendurado na cintura, e a mão repousando sobre ele.

Do outro lado da João Negrão vejo os óculos que queria comprar, empilhados no carrinho verde de um ambulante, amontoado entre mais de uma dezena de outras barraquinhas que vendem todo tipo de produtos piratas. Estou sem dinheiro. Viro o rosto para o lado oposto e acompanho uma multidão saindo da Igreja Nossa Senhora do Guadalupe. A Santa Missa matinal da segunda acabou.

A cada passagem no terminal encontro pedaços de diálogos que formam a conversa da cidade, colhidos em todos os bairros e despejados ali, a missa, o pastor, o futebol, os amores, as omissões da prefeitura, o dinheiro, a falta de dinheiro, o dinheiro que se rouba, o quão melhor é minha conduta em relação aos que roubam esse dinheiro ou nada fazem a respeito, e assim, tão humilde, cheia de boas vontades, vai nascendo aquele ar de superioridade, que vira voz da maioria, vira voz da cidade, da república.

Na lanchonete, a fumaça da fritura vence o exaustor e toma a rua. Entra um senhor de uns 40 anos, cavanhaque grisalho, cabelo crespo despenteado, senta na frente do balcão, ao lado do expositor de salgados que tinha quatro coxinhas, cinco esfirras, dois rissoles e três pastéis que pareciam fazer aniversário. A atendente se aproxima. Bom dia, senhor Perré, café pingado e misto-quente?

3

Nicole e todas as nossas casas

Quando nasci meus pais moravam em um apartamento no Bacacheri. Tinha meu próprio quartinho, lindamente decorado. É o que ouvi dizer, já que não tenho nenhuma memória desse tempo e não sobraram fotos para mostrar como era. Na minha imaginação, uma parede lilás tinha flores desenhadas. Meu berço era branco, com um móbile feito à mão por meus pais. Tinha ainda um armário para guardar minhas muitas roupas de bebê, um espaço para me trocar e, no canto, um aquecedor para os dias frios.

Saí dessa casa aos 4 anos, um tempo depois que o pai morreu. Minha mãe não aguentou ficar lá. Fomos para o Hugo Lange. Era uma boa casa, provavelmente mais cara do que ela poderia manter com a mudança de vida. Tinha um quarto só para brinquedos. Meus avós, pais do meu pai, frequentavam muito, cuidavam de mim vários dias na semana, enquanto minha mãe trabalhava ou saía com amigos. A quem quero enganar? Eles estavam comigo enquanto minha mãe adoecia enchendo a cara. Minha tia Marta percebeu pouco a pouco o que estava acontecendo e começou a insistir para eu ficar sob os cuidados dela. Passados alguns anos, minha mãe não tinha como se administrar. Dívidas, depressão, alcoolismo. Marta mudou o tom, quis a guarda. Nicole acabou com aquilo da pior forma: fugimos com a roupa do corpo.

Fui morar na casa da vó Isa, no interior de Santa Catarina, perto de Rio do Sul. Dividia o quarto principal com minha mãe. Tinha uma cama de casal, uma cama de solteiro, um sofá de dois lugares, um toca-discos, e vários LPs de quando mamãe era mais nova, que vez ou outra eu ouvia quando não tinha nada melhor para fazer. O armário ficou grande demais para o nada que tínhamos. Vovó me deu muito amor. A aposentadoria dela era suficiente para nos sustentar, ajudada, um pouco, pela estabilidade econômica dos tempos do início do Real. Mesmo assim, o dinheiro não era suficiente para sustentar as merdas que minha mãe fazia. Ela conseguiu ficar sóbria – ou esconder seus problemas – por menos de um ano. De publicitária premiada em Curitiba, minha mãe passou a garçonete de bar de beira da estrada. E não aguentou. Começou o entra e sai de empregos, os subempregos, a informalidade. Marta sempre acompanhou a situação de longe, e logo passou a fazer a cabeça da vovó para me levar de volta a Curitiba e me oferecer tudo o que a classe média alta poderia dar. Vó Isa não entrou nesse jogo, mas nunca negligenciou notícias minhas, ou informações sobre Nicole – o que acabou fazendo com que minha mãe olhasse para ela com desconfiança, como inimiga. O tempo passava e o ar da casa ficava espesso, eu andava dentro de uma gelatina azulada, azeda, amarga. Então apareceu um oficial de justiça para notificar minha mãe de uma ação judicial com base nas alegações de Marta. Nicole não aceitou a trucada, levantou para seis, fomos para a quarta casa.

Desta vez caímos na clandestinidade. Nada mais fazia diferença para Nicole, senão o orgulho de dizer que não dependia de Marta e da família-perfeita-que-ela-tinha para me criar e sobreviver. Caímos em Almirante Tamandaré, grudada em Curitiba. Eram menos de 10 quilômetros da casa de Marta, mas Nicole tinha certeza que conseguia ficar escondida e livre, longe daquilo que dizia ser a razão de todos nossos problemas. Na despedida, vó Isa me beijou sabendo que dificilmente voltaria a me ver. Eu não queria ir embora. Tinha medo da minha mãe, da cara transfigurada que ela estava. Por instinto sabia que a partir daquele ponto nada poderia melhorar. Enquanto saíamos, na minha cabeça girava o LP Quem não vacila mesmo derrotado / quem já perdido nunca desespera / e envolto em tempestade decepado. A espiral descendente não tinha fim.

Era minha quarta casa e eu não tinha 11 anos. Fomos parar no bairro do Bonfim, onde vivia a pobreza da pobreza. Minha mãe conhecia um motorista de caminhão que, em suas passagens pelo vale do Itajaí-Açu, falava que conseguiria para nós uma casinha com aluguel barato e até emprego. A casa era um barraco, o emprego em um motel na beira da Rodovia dos Minérios, ele só queria pegar minha mãe, minha mãe só queria beber o que ele tivesse a oferecer. Troca justa ou não, lá estávamos. A casa era de madeira, com a pintura verde toda descascada. Uma sala minúscula, uma cozinha e um quarto. Não lembro de mamãe dormir no quarto. Sempre ficava no sofá da sala, repleto de furinhos de cigarro. Parte da sala era de chão batido e, no canto, o piso era atravessado por um sulco de uns 30 centímetros de diâmetro. Algo muito esquisito que só fui ver utilidade depois de usar a pia da cozinha pela primeira vez. A água corria pelo caminho no chão, chegava na rua e caía em um riacho mais adiante. Eu mesma queria chover ali, fazer deslizar a saudade, dissolver em silêncio a tristeza e fazer fluir o que me prendia naquela vida para longe de mim, mas não daria, e precisaria segurar entre os dentes a primavera.

Nota desnecessária, Nicole não durou muito no emprego. Logo estava no balcão de um bar na beira da estrada, e logo demitida de novo por beber no trabalho. Voltava, jurava melhoras, era demitida novamente um tempo depois, e o ciclo continuou até apanhar do sr. Jorge, dono do boteco, por não pagar o que bebia. Era o limite de Nicole, quando ainda tinha limites. Nesse período ela fez amizade com o dono de um ferro-velho ali do Bonfim, e logo estava puxando o carrinho dele pela cidade, catando qualquer coisa que pudesse ser vendida ou trocada. Jurava que ganharia mais e trabalharia com mais liberdade. Mamãe acreditava em qualquer mentira que tivesse como resultado permitir bebida a qualquer hora, o álcool me concentra, filha.

Minha quarta casa foi a pior que vivi. Mas nada disso importa, foi naquele tempo que conheci Danilo e Karol. Mesmo vinte anos depois dessas histórias todas, não conheci amigos iguais a eles, nem um só.

4

Passeio Público

O Passeio Público é um espelho do contrário. A mãe de família caminha com sua filha e logo a criança dirige os olhares para a puta que espera o próximo cliente. O homem anda apressado para o trabalho enquanto outro se droga entre as árvores. Os atletas se exercitam nas pistas do parque e há pessoas que parecem não ter força para levantar do banco depois da noite não dormida na rua.

O que mais lembro das visitas acompanhada com vovó Sofia era o ofidiário. Ou, para mim naquela época, apenas a casa das cobras. Me pergunto se o que lá está hoje não seria uma miniatura da versão antiga, já que atualmente parece tão pequena para mim. Depois a gente jogava damas com tampinhas de garrafa nas mesas do parque. Ela me deixava ganhar. Não acontecia sempre, mas também pedalávamos nos canais de água verde-podre do Passeio. Não tinha uma vez que íamos ao parque que vovó não me falasse da primeira mulher a voar de balão em Curitiba, como era o nome dela? Maria... Maria Aida. Isso, com certeza, nome e sobrenome. Partiu do

Passeio Público e acabou a aventura na Praça Tiradentes, enroscada em uma das torres da Catedral. Maria Aida era amiga da minha avó, Sofia contava faceira, como se tudo ao redor desaparecesse e surgisse diante dela o Passeio Público da década de quarenta. E dizia quanta coragem, voar num balão, pendurada num balanço, quase 100 anos atrás. Eu teria coragem, mas seu avô Guilherme nunca me deixaria fazer uma coisa dessas, nunca, imagine! Eu também teria coragem, falava para ela já dentro de um cesto, baloeira, dando tchau para as pessoas que se tornavam formigas enquanto ganhava altura e me distanciava. Nesse espelho sem dúvida estávamos no lado composto pelos bons: os corajosos, os saudáveis, trabalhadores, os de família, os distintos. Zigue-zagueávamos como cobras para não cruzar com quem não fosse como nós.

Mas com Danilo e Karolyne, já não estava deste lado. Os olhares que recebia me diziam isso, mudei o zigue-zague. Não queria assustar ninguém, empurrava Pulga e Karol de um lado para o outro para fugir dos bem-vestidos, das famílias, dos guardas, e não chamar atenção, passar sem ser vista, o que sem dúvida era impossível. Poderia ser inseguranças da adolescência, preconceito com meus próprios amigos, sentimento de inferioridade ou a correta capacidade de interpretar olhares, equação até hoje não resolvida. Talvez o Passeio Público não fosse espelho do contrário, mas um que refletia pra dentro. Porque hoje, quando vou com meu filho ao parque, procuro nos olhos de cada puta, de cada mendigo ou drogado, de cada mãe que passeia com seu filho ou do trabalhador a caminho de seu ofício, qual cobra de fato sou na zoologia social desse ofidiário chamado Curitiba.

5

Paineira
entre araucárias

Colada ao Bonfim tinha uma grande área verde. Não sei a quem pertencia, se a alguma das indústrias sediadas na Rodovia dos Minérios, uma chacrinha particular ou uma área pública – como a invasão onde vivíamos. Sei que eu, Pulga e Karol muitas vezes íamos lá matar aula ou, depois de um tempo, só para fumar um baseado. Cruzávamos o bairro, passávamos o cercado e logo todo o barulho ficava para trás.

Quando batia um vento e as folhas mexiam forte, Karol dizia que eram as árvores aplaudindo nossa chegada e convidando para dança. Pulga gostava de falar sobre as árvores. Eu só sabia reconhecer as araucárias, mas ele falava os nomes de cada espécie que víamos: imbuia, cedro, bracatinga, aroeira, peroba, mamica de porca, bugreiro e tudo o mais que aparecesse. Chamava atenção para o desenho das folhas, das flores. Filosofava sobre plantas. Um dia vocês vão conhecer meu vô Bento, e contava do tempo em que viveu em Cerro Azul, a duas horas de Curitiba. Pulga passava de ano na escola só porque queriam se livrar dele, então eu pensava que todo aquele conhecimento botânico era mentira. Karol acreditava, mas achava inútil. Ele não dava bola pra nós, repetia *as coisa inútil são as única que valha pena na vida, mulherada*. Estava muito enganada sobre ele. Pulga era muito inteligente; não naquilo que se exigia na escola e, como somos acostumados a medir a inteligência dos outros de acordo com o desempenho em um pedaço de papel com disciplinas e notas, a verdade – e essa é a única vez que você lerá esta palavra saindo da minha boca – é que estávamos todos em erro, completamente enganados. Danilo era uma pequena enciclopédia botânica. Me apresentou a paineira e explicou tudo o que passava com ela durante o ano.

Eu, que só conhecia a araucária e olhe lá, passei a me considerar paineira. As araucárias eram elegantes, estáveis, grimpas verde-escuro o ano todo. De abril a setembro nos alimentavam, a diversão era buscar pinhas e pinhões pelo chão e encher a panela e a barriga lá em casa ou na Karol. As paineiras eram diferentes. Não tinham a forma única dos pinheiros, cresciam no improviso possível da luz ou da sua própria vontade, feito um pedaço de madeira que tomou todas, cresceu bêbado e ficou torto na vida.

Aprendi a ver o ciclo das paineiras ao longo do ano. Completamente sem folhas, esqueleto morto para os desavisados, completamente verdes, completamente cobertas de flores cor-de-rosa, buquês gratuitos pela cidade, completamente cheia de painas-brancas-flutuantes espalhando sementes. Eu já tinha sido cheia de vida como uma árvore verde. Mas agora era galhos secos. Poderia voltar a brotar qualquer coisa dali? O que espalhariam minhas painas? Saudades de quando eu me parecia com as plantas.

6

Santos Andrade

Na Praça Santos Andrade você tem de um lado o prédio histórico da Universidade Federal do Paraná e do outro o Teatro Guaíra. O maior centro de produção científica da cidade flerta com o maior centro cultural. A cada manhã acordam, se olham, se saúdam respeitosamente e passam e contemplar o que está entre eles, a fonte, os ipês amarelos, as feirinhas, as filas de pessoas esperando ônibus, os formandos na escadaria, as apresentações de final de ano, as esculturas com nomes de pessoas que ninguém nunca lê, os pedestres e as pombas, muitas pombas.

Uma única vez, Pulga, Karol e eu sentamos em um banco de madeira na praça e ficamos olhando os desenhos das revoadas das pombas, apontando o dedo e criando no céu um desenho a cada voo, como se as formas saíssem de nossas mãos, e o voo dos pombos obedecesse aos nossos indicadores. Ficamos ali, sentados, discutindo sobre qual das pombas fazia o melhor desenho, qual mão deixaria gravada no céu o melhor traço pombal.

A praça era insignificante, mais um espaço não frequentado por mim na cidade, um não-lugar. Isso até ouvir uma história que meu avô Guilherme contou um ou dois dias depois de nosso reencontro, quando passei a morar na casa da Marta. Aconteceu no aniversário de 17 anos de meu pai, em 17 de julho de 1975. O dia da grande neve em Curitiba. Nunca vi o piá tão feliz, repetia a cada três frases. Me contou que a fina chuva da madrugada havia se tornado neve. Quando acordou, a grama do quintal estava com uma camada branca, assim como a copa das árvores, os muros, os telhados, os carros. A empolgação foi tanta que eles esqueceram do café da manhã. Guilherme e Sofia colocaram as três crianças na traseira da Brasília, quanto orgulho de um carro velho, pensei, e foram para o centro da cidade. Eu não, fiquei no mesmo lugar, ignorando a história.

Pararam na Santos Andrade. Escreviam seus nomes nos vidros dos carros estacionados cobertos de neve, posavam para fotos nos bancos da praça com qualquer pessoa. Ao final de cada clique davam um abraço, beijos ou até faziam bolinhas de neve para atirar nos outros. A neve era um bem escasso a ser aproveitado até a extinção. Eu seguia nada interessada em ouvir sobre a teoria de que precisou nevar para Curitiba perder o gelo *et cetera*, mas fui sugada quando ele falou então apareceu uma menina de cabelos cacheados iguais aos seus, espinhas iguais às suas, olhos de um verde que eu nunca tinha visto, vestindo uma calça de veludo boca de sino, casaquinho justo, touca e cachecol. Ele me contou que a menina estava sozinha, soube depois que a mãe dela, professora, teve de ir ao Colégio Estadual – não longe da praça – mesmo no meio das férias, e a encontraria em seguida. Meu avô tinha que ir embora porque precisava trabalhar, mas as crianças, manipuladas pelo aniversariante, insistiram para ficar ali. Depois de uma pequena assembleia de família declararam que meu pai, com 17 anos, era praticamente um homem, que tranquilamente cuidaria das irmãs mais novas, que liberdade é ouro, e meu pai, filho bom, a garimpou. Chegaram a um acordo quanto ao horário de retorno e meus avós foram embora. Mas Sofia – mãe é mãe – desceu do carro assim que viraram a esquina da Presidente Faria. Voltou, espiou, seguiu de longe os passos dos filhos e da nova amiga. Observou meus pais andando de ombros colados, tocando suavemente as costas das mãos a cada passo, magnetizando-se a cada sorriso. E Nicole nunca mais deixou de ser parte da nossa família, completou Guilherme.

Eu, Danilo e Karol perdemos. Antes de sentarmos no banco, o melhor traço do céu da Santos Andrade já estava desenhado.

7

Mez de Fomme

Na virada do milênio nada aconteceu com o mundo. Cada um seguiu o fluxo da sua vida, em perfeita obediência ao que seus patrões e padrões impunham. Minha mãe também, era muito fácil manter o caminho que ela seguia, porque para baixo todo demônio ajuda.

Era primeiro dia da volta às aulas e meu trio já estava combinando o melhor lugar para gazear. No dia seguinte acordei cedo, vesti meu uniforme surrado, peguei a mochila e saí. Nicole dormia e parecia que não sairia do sofá tão cedo. Uma garrafa de cachaça vazia ao lado dela era o aval para dar continuidade ao plano. Encontrei meus parceiros de crime desorganizado e cruzamos a Rodovia dos Minérios, tomamos o caminho inverso da escola. O que eu não contava é que Nicole estivesse encrencada com o seu João, dono do ferro-velho. Ele mesmo foi quem a acordou, jogando um balde de água fria na cabeça dela, tirando-a do sofá e falando calmamente que ou ela começava a pagar ou da próxima vez usaria o método do sr. Jorge – o dono do bar – para receber a grana. Naqueles tempos eram uns 2000 carrinheiros na cidade. Minha mãe, pioneira em alguma coisa, mesmo assim fracassando. Oitenta, cem, ou quando tinha sorte, cento e cinquenta reais era o que conseguia no mês, nunca batia um mínimo.

E lá foi Nicole em busca do tesouro no lixo perdido. Como estímulo, o merda do João disse que tinha me visto e onde estava com minha turma. Tudo o que Nicole não conseguiu revidar enquanto levantava do sofá, despejou sobre mim. Imbecil, o que está fazendo aí? Hoje você puxa o carrinho.

E fomos. Pelo horário, ela sabia que já tínhamos perdido os melhores pontos, com tudo sendo recolhido pelos carrinheiros mais diligentes.

Depois de duas horas e meia de caminhada, estávamos no Bacacheri, buscando qualquer comércio que dispensasse lixo reaproveitável em maior quantidade. O tempo se armava pra chuva, mas não se decidia, e enquanto não caísse um pingo minha mãe se recusaria a dar meia-volta. Era meio-dia e eu já estava com muita fome, puxando o carrinho que começava a ficar pesado de entulhos. A última refeição havia sido o almoço do dia anterior, na escola. Naquele momento eu não podia perguntar ou falar diretamente sobre. Aguentei em silêncio até onde pude, até onde pude, mas soltei um *puta que fome*. Ela me deu um tapa na cabeça. Por isso que você não pode matar aula, estúpida. Não tinha direito a réplica, segui quieta. Seguimos andando, e ela passou a puxar o carrinho.

Em um dia normal Nicole ia e voltava diversas vezes para o depósito, mas enfurecida, orgulhosa, e sobretudo por ter achado uma caixa de papelão tão grande que fazia o carrinho duplicar de tamanho, seguia cada vez mais longe do Bonfim sem voltar ao depósito. Enquanto isso, minha fome aumentava.

Chegamos no Tarumã depois das 13h. Carrinho quase cheio, agora ela selecionava mais e entendeu que, para estar de novo 16h30 no depósito, deveria começar a fazer a viagem de volta. Eu puxava minhas pernas, desobedientes, como se todos os demônios tivessem com as mãos na superfície da terra grudando meus pés ao asfalto. Subimos pelo Jardim Social, e a minha companhia finalmente foi paga:

– Ali, Nicole, jogaram fora um monte de coisa da mansão.

Pegamos aquela rua. A vista era linda, um sonho construído ao lado do outro. Na frente, invariavelmente, metros de grama verde e árvores que se tocavam sobre a rua. Sim, alguém havia feito uma grande limpa em casa, sim, alguém levou muito literalmente a ordem de limpeza.

Primeiro, no topo do lixo, um rádio antigo, com um valor que minha mãe sabia reconhecer. A desgraçada tinha um olhar fino e agudo, e nenhuma graduação alcoólica tirava isso dela. Era um Mullard, anos 20, com as inscrições em inglês, e mesmo estragado daria uma troca razoável com João, que consertaria e faria um troca muito boa com uma terceira pessoa que ficaria com o rádio ou faria uma troca provavelmente ruim com um antiquário que finalmente venderia por uma pequena fortuna para alguém bem-afortunado.

Depois, uma caixa de livros. A maioria didáticos, sem valor além do peso do papel, mas de repente vi minha mãe parar, tirar com cuidado um livro fino, de capa preta e branca, com o busto de um homem bem vestido e com um bigode vistoso no primeiro plano e, ao fundo, do lado esquerdo, uma rua com um casarão colonial e do lado direito, um desenho abstrato. Era uma edição de 1981 de *O Mez da Grippe*, de Valêncio Xavier, autografada. No canto superior esquerdo "Ao Cyro Castro, com a admiração do Valencio X— 15/7/81". Maravilhoso, assinava com um risco ao lado do X. O livro teria valor zero para o sr. João, nada além de papel amarelo de pouca gramatura, mas para mim, incalculável. Meu pai tinha uma edição desse livro, e depois que ele morreu, não foram poucas as vezes em que eu fiquei folhando e apreciando as colagens, fotos antigas de Curitiba e manchetes de jornais daquele escrito inspirado numa impensável pandemia, que mais se aproximava a uma ficção científica, uma distopia. Uma colagem que, querendo ou não, grudava com minha vida. Quando fugimos para Santa Catarina, o livro ficou pra trás. Agora, era o mais perto de ter meu pai comigo.

Passada a catarse, de volta ao trecho, descobri que está equivocada a expressão "verde de fome". O céu cinza, que já tinha desistido de cair, se abriu e foi ficando amarelado. O asfalto cinza tinha desistido de mexer sob meus pés e foi ficando amarelado. As árvores, as casas, amarelo era tudo o que eu enxergava, e eu apenas enxergava fome. Lambia meu suor, não tinha sorte no lixo, e por dentro era mordida pela dor da forme. Nicole sendo Nicole, nunca pedindo comida – era o limite que ainda tinha.

Só cheguei ao Bonfim porque meu pai, materializado em um livro, não desistia de me empurrar de dentro da mochila. Nicole fez seus negócios, começou a pagar a dívida e ainda trouxe arroz, feijão, cebola, óleo, tomates, ovos, leite, alho, pão, carne moída, margarina e, acredite, iogurte.

Fez a janta, e as ondas de um som insignificante que para mim se tornou sinônimo de vitória se expandiram pela casa – cebola fritando na panela. Com os pratos na mesa iluminada pela lâmpada que descia do teto, pendurada em um fio preto, Nicole falou uma palavra que jamais havia dito e nunca mais voltou a repetir. Desculpa, filha. Não explicou pelo que pedia desculpas, mas pediu. Surgiram diante de mim mais de cinco mil fatos que se enquadrariam dentro desse pedido. Cuidadosamente escolhi um e o lancei no abismo do esquecimento. Agora estava com meu livro de volta.

No dia seguinte, tive aula de literatura e mostrei para o professor Cláudio meu livro. É, Tainá, tava certo o poeta, pra gente, que ainda não resolveu nem os problemas mais básicos, literatura é um luxo. Ou um lixo. Minha vida nunca mais foi a mesma. Mas essa história não cabe aqui.

8

Cemitério Municipal

Perto do Bonfim tinha um trabalho social conduzido por uma igreja, o Portas Abertas para Vida e, de vez em quando, aparecia alguém na porta de nossa casa convidando para as programações. Eles davam mais atenção a mim do que a minha mãe. Já estavam um pouco cansados de Nicole bêbada nos cultos, mas ela insistia em aparecer porque sempre conseguia alguma comida, alguma roupa, alguma coisa que pudéssemos usar. Não é esmola, filha, é remuneração por aguentar aquele povo chato uma manhã inteira. A cada tempo, ela se convertia, exorcizavam o demônio do álcool do corpo dela e ele realmente ficava fora de casa dois ou três dias, mas sabia bem ouvir Nicole chamando de volta. O problema não era o demônio, era só a incapacidade de sair sozinha ou com a ajuda dos anjos daquela situação.

De qualquer forma, sempre havia alguma família de voluntários com bom coração que frequentava o projeto e oferecia algum trabalho remunerado para Karol ou para mim, algum bico mais por caridade do que necessidade, e nas férias, acontecia de eu pegar um trabalho para limpar uma mansão, ajudar em alguma festa ou qualquer coisa assim. Karol chegou a ir para a praia com uma família, cuidando da casa e das crianças. Sorte dela. Foi assim que conheci a dona Anna, que morava num edifício com uma entrada de palácio, a uma quadra do Shopping Muller, no São Francisco.

Fiquei tão orgulhosa da limpeza que fiz nos banheiros do apartamento que gostaria de proibir qualquer um de usá-los. Tinha passado horas sozinha no apartamento, me olhei nos espelhos, me imaginei ali, me fantasiei naquele lugar, até aparecerem os merdas dos filhos da Anna, acompanhados de mais um par de merdas, que não tinham mais idade do que eu, mas me olhavam como se já tivessem conquistado tudo na vida, a cena era a própria imagem do encontro Europa-Pindorama. Porra, que bolha. Marcaram o território sujando meu banheiro recém-limpo. Sim, meu banheiro. Em pouco tempo dona Anna estaria ali e eu não iria decepcionar. Água sanitária, desinfetante, balde, panos e limpei tudo de novo, da forma mais devagar possível, para que ninguém sujasse até dona Anna chegar. Ela apareceu, foi um amor, me deu meus quarentão, pode vir de novo semana que vem? Sem chance, tia, voltam as aulas. Não vol-

52

tariam, não, era Carnaval e as aulas só começariam em março, mas eu não pisaria mais ali, queria marcar alguma coisa com meus amigos. Saí enfurecida, reclamando da vida, das injustiças, da certeza de que eu era muito mais esperta que aqueles playboys que não acertavam a porcaria da mira da privada mas sabendo que não importasse o que eu fizesse nunca moraria no prédio com entrada de realeza. Decidi pegar a rua no sentido contrário para casa. Subi até a praça do Gaúcho, na cabeça xingando o mundo todo, atravessei a rua e quando desci das nuvens – ou subi do inferno, isso ainda não está claro para mim – estava caminhando pelo Cemitério Municipal. Eu estaria pronta pro meu próprio funeral, não fosse o fato de que a raiva e o sangue quente correndo na cabeça me davam a certeza de estar bem viva.

Quanto nome de rua enterrado aqui. Vicente Machado, João Gualberto, Emiliano Perneta, André de Barros, Barão do Cerro Azul. A cabeça ainda nos meninos, agora pensando que um dia eu seria dona do prédio-com-entrada-real inteiro, nem que fosse necessário esfaquear cada playboy que morasse ali. Nossa, pensar assim, cansa, sentei num túmulo. Estava limpo e novinho, cheio de flores ainda coloridas, que coincidência, na placa o mesmo dia de nascimento que eu, o dia das crianças, mas morta havia menos de uma semana. Não, nunca vou chegar aos 94. A lápide dela me disse "chegar ao porto, da vida finda, cantando sempre, sonhando ainda". Que poético, dona Helena, que poético. Quem será que poderia sonhar assim? Bom, vou indo agora, obrigada, muito obrigada, dona Helena.

Seguia o caminho para a saída principal quando fui suavemente puxada, como se um imã atraísse o ferro do meu sangue ainda quente, e me deixei levar até quase as divisas do cemitério. Desci uns degraus e parei na frente de uma capelinha trancada que, em cima, tinha a estátua de uma jovem vestida de branco, Maria da Conceição Bueno, eu li. Ao lado do mausoléu, incontáveis e incontáveis plaquinhas, gratidão, grata, agradeço, agradecida, agradecidas, agradecido, agradecemos, agradecimento, Família J. W. agradece, Maria Bueno agradeço pela vaga no concurso, pela graça alcançada, quanta coisa. Bilhetes, cartas e pedaços de papel espalhados, e com os fragmentos construí na minha cabeça a história dessa mulher escravizada, que depois de liberta virou lavadeira, retalhada, degolada, vítima de feminicídio por exercer sua liberdade e ir a uma festa, rotulada prostituta, assassino inocentado, e depois milagreira, a Santinha de Curitiba. Por mais de cem anos ela recebia os pedidos e os agradecimentos de seus fiéis.

Sim, ela fazia milagres. Meus quarenta reais viraram cinquenta com o dinheiro que peguei da caixinha de ofertas que havia ali. Ainda ousei fazer um pedido, Maria, Maria, me ajuda a sonhar igual essa sua nova vizinha?

9

Bosque do Papa

Saí do Bonfim quando tinha 18. Minha mãe percebeu que ali a vida estaria definida para mim. Adaptada demais, enturmada demais, simplesmente bruta. Fui morar com tia Marta, meus primos e meu avô Guilherme. Ele já estava velho e logo que cheguei me levou para viajar. Uma viagem de neta e avô, ele queria. Eu adorei. Marta, quando descobriu, nem tanto. Até porque quando estávamos sozinhos no meio do nada ele passou mal. Eu achei que iria perder o avô que tinha acabado de ganhar, depois de 10 anos separados. Com medo, na enfermaria do hospital, esperando a família chegar, mexi nas coisas que ele carregava e encontrei o diário da Nicole, registro que eu nem imaginava existir. Em 29 de março de 1991, uma sexta-feira, aniversário de Curitiba e menos de 3 meses antes da morte do meu pai, ela escreveu:

Muito antes de ser pop, o Papa, para mim, era bosque. O bosque era verde e o verde tinha cheiro e raios de luz que cortavam as folhas e suavemente tocavam o chão, deixando um rastro de pontinhos dourados nas trilhas de barro. Periquitos em revoada eram o som verde brincando na copa das araucárias. Lá embaixo, eu e Vicente de mãos dadas. A língua dele entrava em minha boca, as mãos apertavam minhas costas e faziam levantar uma cordilheira de arrepios por baixo da minha camisa. Ouvia a respiração tranquila do nariz que acariciava meus cachos caramelados, e meus olhos abriam e fechavam misturando sonho cor-de--rosa e o verde da realidade. Logo instalaram casinhas polonesas, trilhas de paralelepípedo foram pavimentadas, em torno do bosque uma ciclovia. O rio Belém não transbordava mais. Mesmo assim, no meio da mata era tudo como antes: só eu e Vicente. Acreditava não ser possível felicidade maior. Até ver seu sorriso, Tainá. Voltei ao bosque empurrando um carrinho de bebê. Passei a frequentar o parquinho. Hoje entrei agachada nos túneis em que seus três anos conseguem pular. Descemos o escorregador, brincamos na gangorra, construímos castelinhos de areia. Será que um dia você vai se lembrar? Irá lembrar que hoje brincamos de grudar o queixo no tronco da araucária e olhar para cima, imaginando aranhas gigantes, boxeadores em luta, um abraço da natureza e os ETs, como você disse? Eu expliquei que no outono parte do verde fica amarelo, depois vira cobre, vermelho, seca e forra o chão quando está bem frio, e que assim acontece todos os anos. Você perguntou se a árvore volta a ser verde de novo. Sim, filha, sempre fica verde de novo. Tainá, o Bosque do Papa, no Centro Cívico de Curitiba, é o habitat da minha nostalgia.

Minha história entrava em aquecimento global, derretia, se fundia no desconhecido, no mundo possível fora da violência, da brutalidade, do olhar indiferente. Seria isso, então, amor de mãe? Lia cada página do diário aflita por já saber o destino daquela pessoa que descrevia os dias com cores e profundidade, que assinava Nicole, mas nitidamente não era a pessoa com quem convivi. Nem eu nem ela terminamos o diário da forma como começamos. Naquele dia voltei a chamar Nicole de mamãe.

10

Encontro na Rua São Francisco

Por que você me chamou aqui, Tainá?, ela disse em tom acusatório enquanto sentava na minha frente e o atendente se aproximava ansioso, para saber se finalmente eu gostaria de pedir alguma coisa. Era uma tarde quente no final de novembro. Esperava minha mãe havia pelo menos duas horas, ocupando uma mesa de canto alemão na Confeitaria Blumenau, lendo no jornal sobre a posse da primeira mulher na história a ocupar o cargo de chanceler da Alemanha. Larguei o papel e olhei pra ela.

Calcei pés de gato, amarrei as cordas dinâmicas em meu arnês, vesti capacete e estava pronta para escalar a cordilheira que me levava da Nicole que conheci pela boca de meu avô, diários e fotografias até a pessoa que estava na minha frente, com quem havia convivido toda minha vida. Fazia cinco meses que morava na casa da tia Marta, e era a primeira vez que voltava a ver minha mãe frente a frente. A pergunta agressiva, aliada ao odor de álcool que saía pelos poros, tiraram o romantismo daquele encontro e me devolveram ao ringue da realidade, onde eu procurava as cordas para tentar me levantar e manter os punhos em guarda.

– Mamãe... – ela não esperava que eu tivesse meus próprios golpes, voluntários ou não. Ficou estática, olhando para a mesa, talvez lembrando da última vez que me ouviu chamá-la assim. Enquanto ela permanecia em silêncio, virei para o senhor que nos atendia, pedi café com leite e *strudel* de maçã. Para ela, café preto, só.

Não era difícil supor o que eu iria perguntar, por que essas escolhas, por que submeter uma criança a tudo o que passamos, privada não só de bens – sim, eu queria os bens –, mas de afeto, de família, de cuidado, quando tudo isso estava ali, acessível, tão perto. Ela sabia que eu iria colocar na mesa cada uma das minhas razões, que a cada carta virada de meu baralho cigano eu faria uma adivinhação não do futuro, mas do meu passado. E responderia a cada fala com sentimentos, ressentimentos, fatos que eu ignorava, considerações que fariam surgir em mim solidariedade, compaixão, sororidade, mas sem deixar de responder com mais provocações, hipóteses, senões e opções, até que não houvesse outra solução para nós duas senão servir com lágrimas as xícaras já vazias de café, pedir e comer o perdão como se fosse um *stollen*, um *strudel*, um *schnecken* e, estufadas, plenas, iniciar finalmente uma nova vida. Era esse o roteiro da reconciliação que eu havia escrito e estava disposta a viver. Mas não. E tudo tinha acabado porque a chamei de mamãe.

Esqueça a mamãe que o Guilherme te apresentou. Virou a cara e olhou pela janela, batendo os dedos na mesa como se digitasse uma mensagem secreta. O café foi servido.

Deixei pra trás os meus porquês. Do meu roteiro, o único acerto foram as lágrimas, minhas. As primeiras que caíram dos meus olhos em muitos anos, talvez desde a praça da Espanha. Nicole continuou calada, tomou o café em três goles. Assim que colocou a xícara no pires, insistiu em saber por que na Confeitaria Blumenau. Não sei, mãe, desculpa. Pra você sou Nicole, sua mentirosa. Levantou e foi embora. Da porta, ainda disse: eles não te contaram nada.

De trás do balcão surge o atendente, que tirou a xícara vazia e comentou:

— Sabe, a pergunta dela é pertinente, por que aqui? — Fiquei sem norte, ainda esfregando a mão nos olhos. Expliquei que estudo perto, que conheci a confeitaria com umas amigas. Ele sorriu como que lembrando da bagunça das cinco adolescentes na semana anterior.

— Tainá, certo? Sou Valmor.

Me olhou apertando os lábios, em uma contradição entre o que parecia vontade de falar e hesitação, e se retirou em seguida.

Comi meu doce, escondi meu choro e pedi a conta. Valmor apareceu para dizer que era por conta da casa. Eu, que nunca gostei de caridade, recusei. Sabe, não é por você, não se ofenda, Tainá. Pausa. Ele olha para o balcão, a senhora que finge cortar um bolo sinaliza continue. Sabe, eu e a Eliane temos esse lugar faz mais de trinta anos. Pouco depois de abrir, tinha um casal de guris que vinha aqui toda quinta-feira fim de tarde. Não falhavam. Depois a vida seguiu, casaram, tiveram uma bêbê, começaram a vir menos, mas apareciam de vez em quando. E depois, sabe....

Outra pausa, outro olhar para ver se Eliane o autorizava. Sabe, hoje eu vi aqueles mesmos olhos que são um lago de água verde e fundo calcário. Ela pode estar muito magra, com a pele toda machucada, cheia de marcas, o cabelo não é o mesmo, mas o olho desenha o mesmo lago.

11

Rio Belém

Meu filho nasceu em janeiro de 2017. Quando fez três anos acompanhamos o pai dele até o trabalho – ele é jornalista, assessor de imprensa no gabinete de um deputado estadual. Eu ainda estava em férias, e só voltaria às atividades na escola no início de fevereiro. Deixamos meu companheiro na Assembleia Legislativa e fomos jogar bola na Praça Nossa Senhora de Salete. Bola é o que Natan realmente ama.

Em pouco tempo Natan tinha percorrido boa parte do Centro Cívico, chutando a bola e correndo atrás, chutando a bola e correndo atrás. Contornou o Tribunal do Júri e foi em direção ao Palácio das Araucárias. Eu, atrás, acompanhava meu jogador e pensava por hoje não preciso mais fazer exercício.

Um momento de desatenção foi o suficiente para ele se aproximar da rua. Gritei seu nome e meu disciplinado jogador cumpriu a ordem da técnica, parou ali, olhando pra mim. Peguei a mãozinha gorda dele e ele apontou para o outro lado da rua. Ponti, mamãe, ponti. Fizemos a travessia da rua tranquila na tarde de janeiro.

Ao chegar do outro lado, ele esqueceu da ponte. Queria a bola de novo. Saiu chutando e correndo atrás pelo gramado, chutando e correndo atrás. Eu segui pela ciclovia que margeia o Belém, na direção contrária do fluxo do rio. Um pouco para frente, Natan chutou a bola, que passou bem diante de mim, cruzou a ciclovia e rolou até cair no rio. O gol contra era uma tragédia de aniversário. Ele chorou, gritou, se jogou no chão, e eu só olhando o rio formar uma dezena de círculos ao redor da bola, conduzindo-a lentamente para longe de nós. Não, aquele aniversário não poderia começar assim.

Peguei Natan no colo e corri pela ciclovia com a criança aos prantos. Quem visse poderia muito bem imaginar um sequestro acontecendo, eu mesma tirando a criança do colo de sua mãe, com o olhar focado de quem busca o esconderijo secreto. Cheguei ofegante na ponte, coloquei Natanzinho no chão e disse orgulhosa, puxando o ar com esforço: "já te contei que a mamãe é uma salvadora de bolas, filho?" Ela flutuava calmamente em nossa direção, enquanto eu instruía meu jogador a ficar paradinho na grama, me esperando, igual goleiro não sai da área. Então, quando a bola se aproximou, cheguei no muro do rio canalizado e pulei.

Justo embaixo da ponte tem uma grande galeria que, com a justificativa de trazer água dos afluentes, joga mais um tanto de esgoto no Belém. Ali, parados, estavam meus dois grandes amigos, Karol e Danilo, ainda adolescentes, com a mesma carinha de 1999, falando de mim. Olha ela ali, Pulga. Eu vi, eu vi; Mas com certeza ela não viu a gente, Karol. Claro que viu, piá, tá até olhando pra cá, mas você tá a cara desse rio, hein Tainá? Eu, como assim? É, tá doida guria? Não, piá, ela tá mesmo igual esse rio que um dia causava; Alagava, destruía as casa, ninguém segurava, tinha vida própria; Depois construíram o muro e esconderam ele embaixo da rua; O esgoto dos rico cai tudo nele e ele nem reage; O rio era torto, cheio de curva, desfilava na cidade a céu aberto, olho nu, e agora é uma linha reta, retinha, que anda embaixo da terra bem comportadinho, só carregando bosta, e não incomoda mais ninguém, tá domesticado.

Não me aguentei, entrei na galeria disposta a passar a limpo toda minha relação com eles, a justificar cada passo desde quando deixamos de ser vizinhos, o quanto me esforcei para continuarmos amigos. O quanto ainda gostaria de sentar com eles, comer coxinha e tomar Coca-Cola. Três passos pra dentro, a escuridão cresceu, gritei Karol, Pulga, sem resposta. Lá de cima, escutei mamãe, mamãe, um quase começo de choro. Apareci sob a ponte, falei que a bola estava salva, para ele não se mexer, gritei estátua e escalei pra fora do rio. Natan me recebeu como uma heroína, me abraçou, beijou, levantou os braços comemorando meu gol, e foi minha vez que começar a chorar. Ele secou minhas lágrimas. Não é nada filho, é que mamãe estragou o tênis novinho, olha só. Convidei ele para jogar bola no campinho de areia que tem ali perto. Não, mamãe. Tá bom filho, o que você quer de aniversário? Quelo sopá velinha na vovó Nicoli.

Posfácio

Uma cidade
só para os brinquedos

por Julie Fank

Na imaginação do escritor, sempre há um quarto só para *os* brinquedos, específicos, nomeáveis, *aqueles que*. Na imaginação de Tainá Becker, personagem principal, há um quarto só para brinquedos, não se sabe quais, nem quantos. Qualquer um serve? A contramão da infância que se espera das adolescentes e dos adolescentes que perambulam pela cidade em queda está também na dupla Curitiba acolhedora que é parte do cenário de estreia de Daniel Montoya. A infância exilada, a adolescência por contraste, a vida adulta tomando notas em retrospectiva, tudo num fio condutor que verte em uma escrita inconformada com a história que conta, como se quisesse corrigir no mundo real as aflições que ela causou em si, na narradora, no contador de histórias.

O inespecífico da memória da narradora é o que dá conta da infância perdida e da adolescência delinquente, não sem os privilégios de ser uma menina branca com passado classe média. No presente, o detalhe de uma narradora a quem não passa nada. Com uma lente mais próxima, vê-se: tudo se passou com ela e nada passou. Uma criança que sai de casa com a roupa do corpo não é exceção neste país de pais que são vítimas de um sistema ao mesmo tempo em que são negligentes - como se eles tivessem prioridade geográfica. Curitiba é Brasil, afinal - não Europa. Aqui, Daniel torna essa criança protagonista e percorre o caminho sinuoso traçado por Nicole, a mãe alcoólatra, e Tainá, a filha andarilha, mapeando buracos, valetas e lacunas de uma cidade que não cultiva heroínas, mas, sem querer, permite que elas nasçam, cresçam e escapem. Não sem frestas profundas no que se tornam: Maria, *Maria, me ensina a sonhar igual essa sua nova vizinha?*

É permitido sonhar aqui?, este escritor estreante se pergunta. Ele não passa ileso ao comentário sobre sua antipatia folclórica: *os olhares se cruzam por acidente, mas logo encontram outro ponto pra ficar*. O refazimento de Curitiba a partir da história de Nicole e Tainá, do avô e da avó, de Danilo e Karol está impresso aqui, nas suas mãos. É o resultado do trabalho de um cidadão atento, também advogado, também escritor, em anos de leituras e oficinas na Esc. Escola de Escrita desde os idos da Rua Riachuelo, algo próximo da cidade em queda tão ecoante nessas páginas. Somos todos passageiros no Terminal Curitiba e, nas palavras de Tainá, *o melhor traço do céu da Santos Andrade já estava desenhado.* Quem decide escrever esta cidade já paginada sabe disso. E precisa acolher os ecos.

A decidir se embarcamos ou fugimos, se seguramos o cuspe de sangue para não sujar a areia do parquinho ou se transformamos o gosto de sangue em passatempo de adulto, Daniel, forasteiro e escritor, decidiu que ficar e observar não era suficiente. Microfilmou no seu inventário afetivo uma Curitiba nada amistosa, uma cidade-ônibus, anfitriã de seu mais novo brinquedo: a literatura. Levada tão a sério que a gente sabe que essa Curitiba na contramão não é seu ponto final. Desde que haja tempo para castelinhos de areia, alguma outra novela há de nascer Rio Belém adentro. Enquanto isso, seus personagens pedem um schnecken e um pingado em alguma confeitaria do centro. Sem açúcar, por favor.

Julie Fank é escritora, artista visual e professora.
Depois de editar este livro, quer descobrir
as outras histórias enroscadas pelo Rio Belém.

Sobre o autor

Daniel é advogado, escritor e pai de duas. Nasceu no cada vez mais longínquo ano de 1980, em Curitiba. Na ESC - Escola de Escrita cursou Oficina de Romance e Escrita Criativa e Outras Artes. No processo de elaboração desta novela travou conversas imaginárias animadíssimas com Carolina Maria de Jesus, Italo Calvino, Sophie Calle, Michel Foucault, Helena Kolody, Bruce Gilden, Vivian Maier, Alice Ruiz, Paulo Leminski, Pedro Lemebel, Julio Cortázar, Georges Perec, Valêncio Xavier e outros ilustres intrusos.

Este livro foi produzido no Laboratório Gráfico
Arte & Letra, com impressão em risografia
e encadernação manual.